石川　透編

室町物語影印叢刊 11

松竹物語

ちもくれ川へうさゝゆい
とくしくら可るらんむ尓と
うしの才のくよ美み耳なや
ほとりのゝまいねこのかも
しりつそかすゝくすむうぬ
ぬりのかけかみぬりのしはひ
とろりしに一よ二百年なりき
まをしうかゝみむけりさく
ちろのかむしおうしてす
てうるちらよろくかしのき
もくそくしてそゝみならり
のかしうくちわかけ

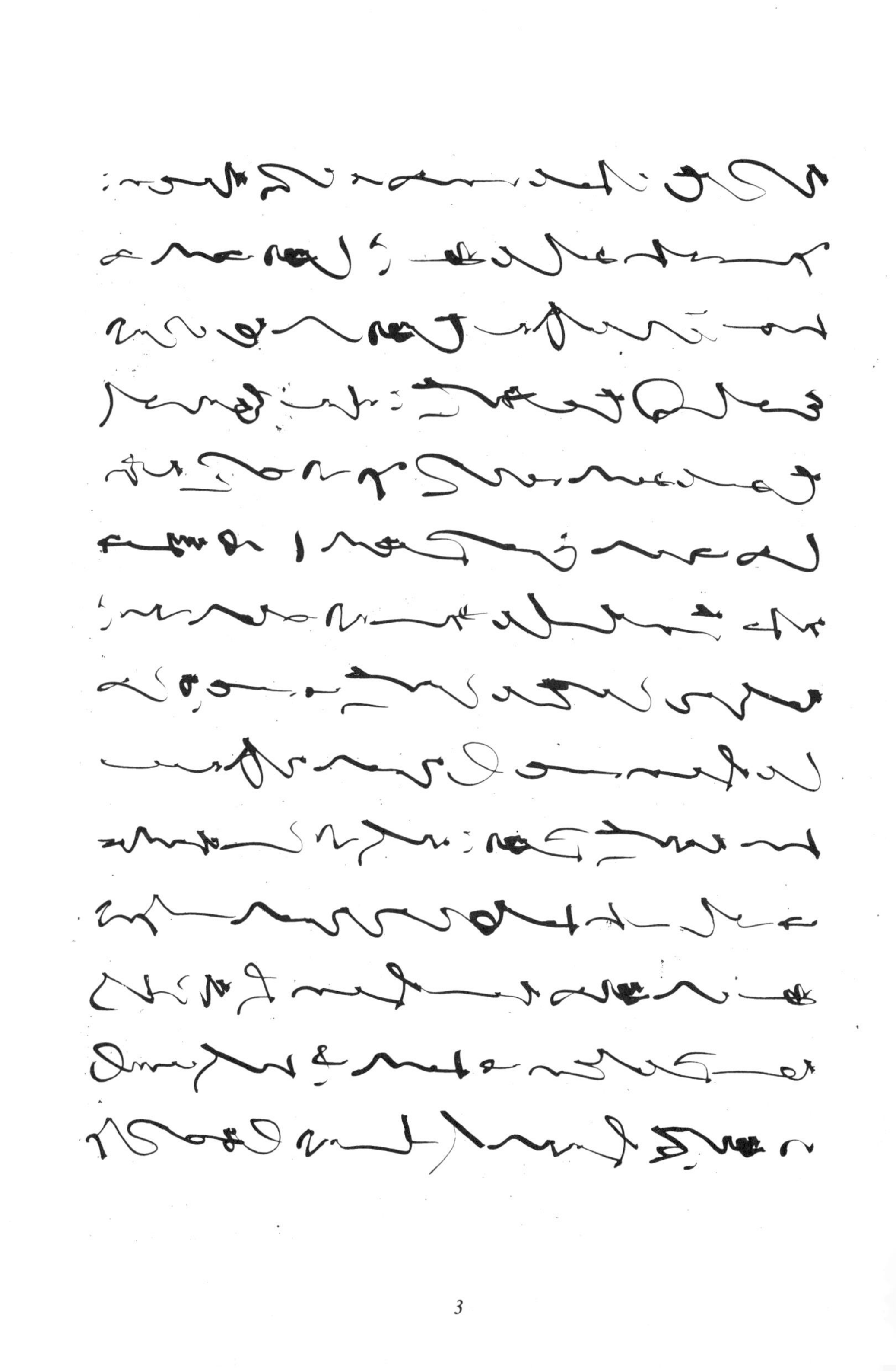

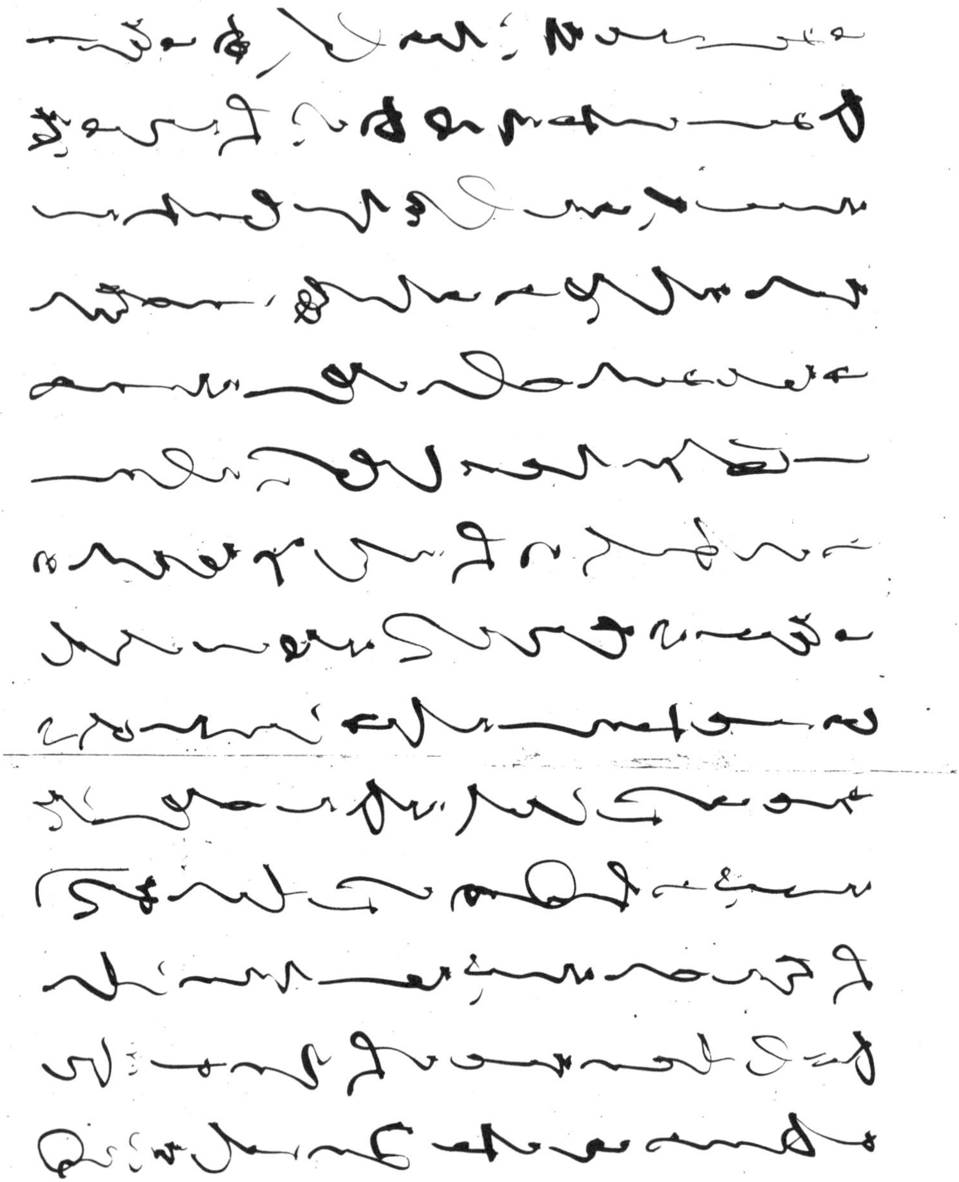

[illegible]
[illegible]

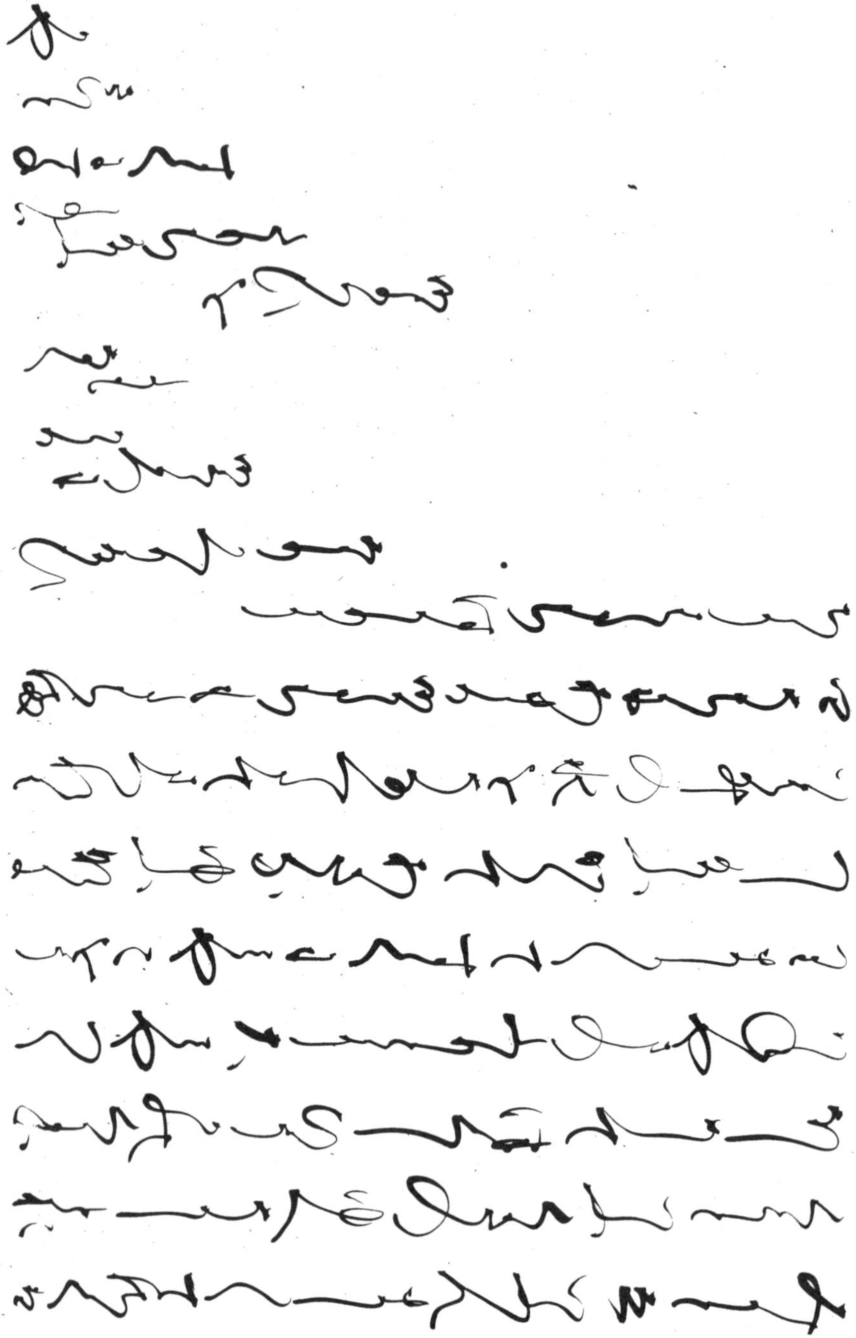

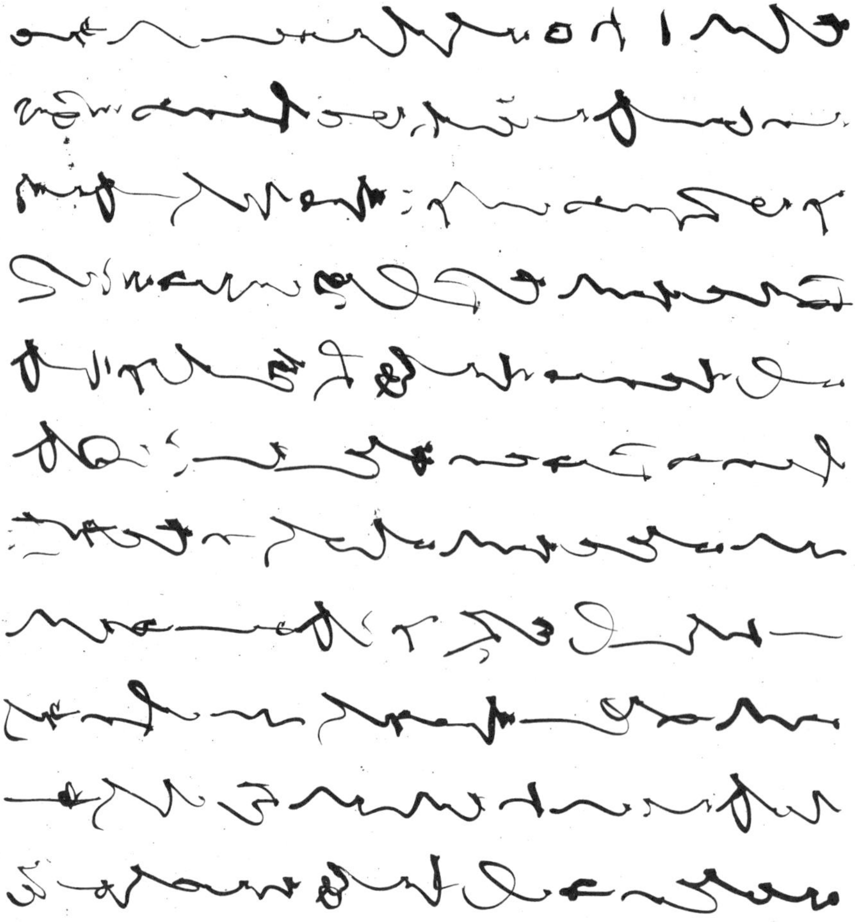

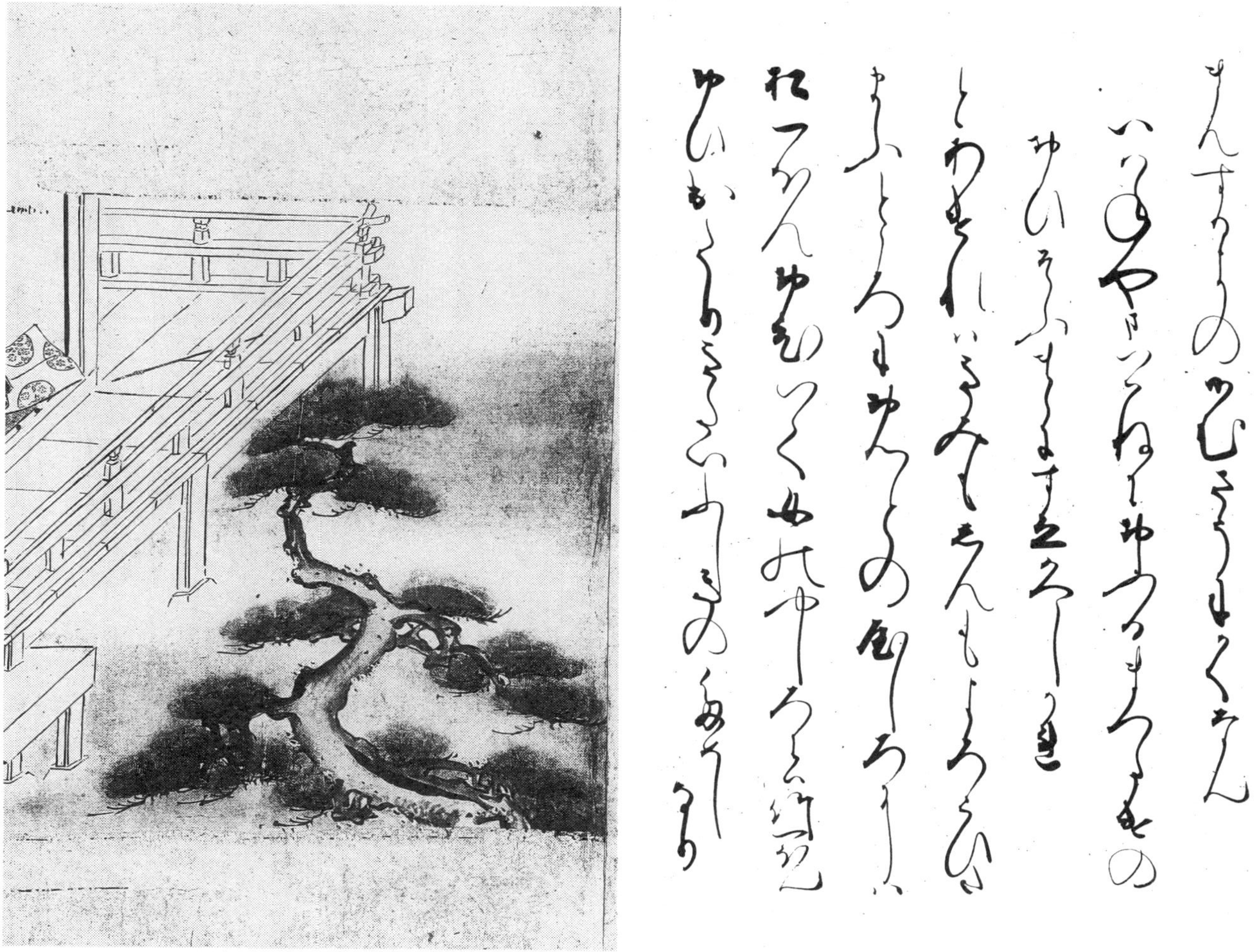

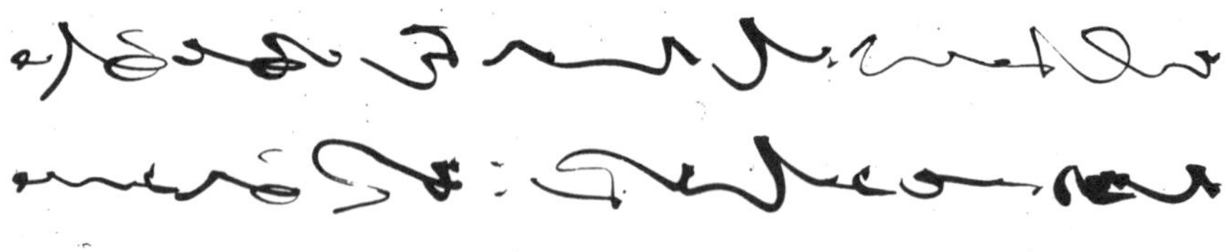

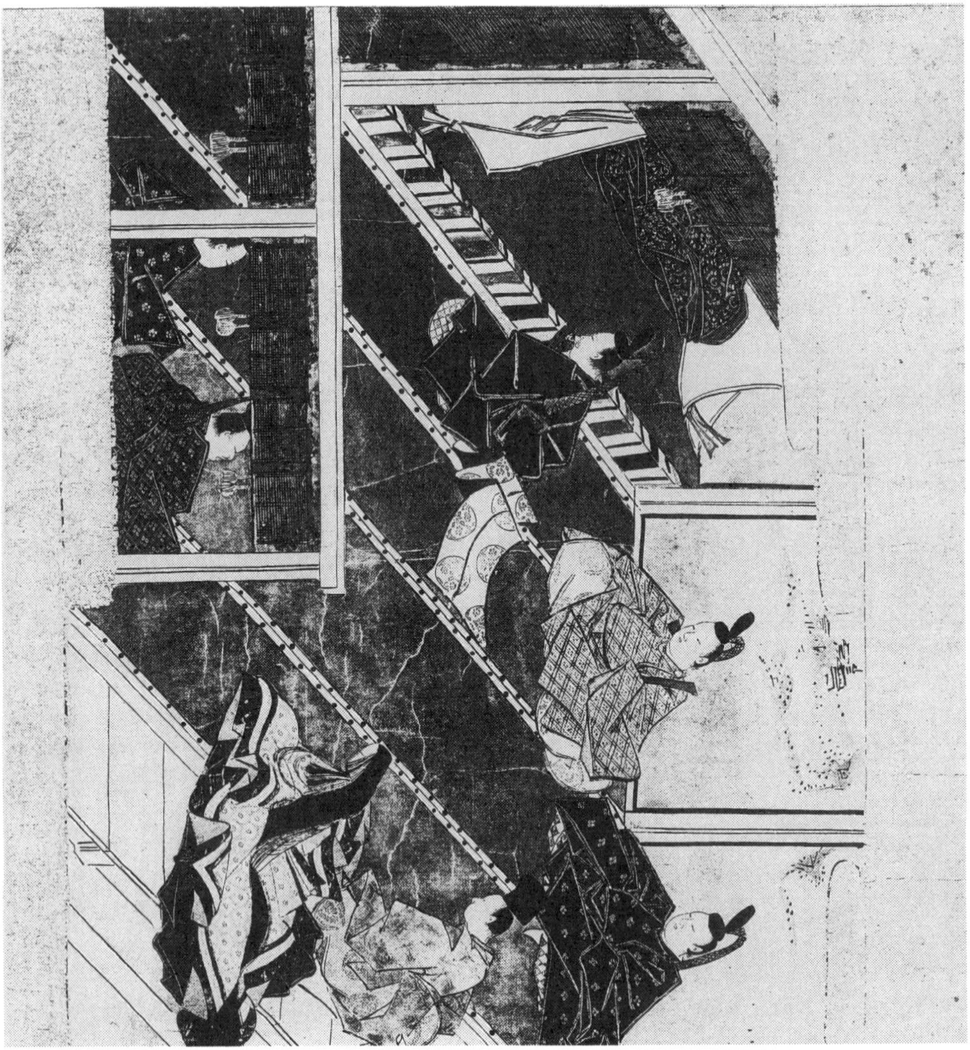

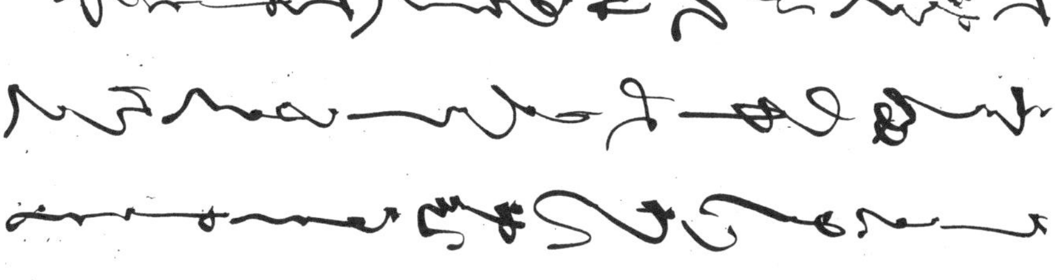

『松竹物語』は、庶民を主人公とする祝儀物系の室町物語である。養老の滝伝説にも似た面があり、主人公ばかりか、帝も長寿になるというめでたい話である。最後は主人公夫婦が神社に祭られ、そこに松と竹が生える、というぐあいに、本地物の要素も併せもっている。『松竹物語』には、やや内容の詳しい系統と、本文が短い略本系統とがある。本絵巻は略本系統の一本。『松竹物語』の内容を示すと、以下のようになる。

むかし、懿徳《いとく》天皇の時に、九州の宮崎に、夫婦がいた。この夫婦は、岩根山の麓に住み、谷の水を飲んでいたために、千年の齢を保つことができた。帝はその話を聞き、行幸して谷の水を飲んで長寿を全うできた。やがて、夫婦は神と現れ、その社にめでたい松と竹が生えた。

『松竹物語』は、奈良絵本・絵巻が多く、松本隆信氏編「増訂室町時代物語類現存本簡明目録」(『御伽草子の世界』所収、一九八二年八月・三省堂刊)の「松竹物語」の項には、十種類の奈良絵本・絵巻が記されている。ここでの列挙は省略するが、おもしろいことに、絵巻が五伝本、奈良絵本が五伝本掲出されている。刊本や単純な写本は、今のところ報告されていない。また、『鶴亀物語』等の祝儀物系の室町物語と一対となっていることも多い。本書の性格をよく物語っているといえよう。

以下に、本書の書誌を簡単に記す。

所蔵、架蔵
形態、巻物、一軸
時代、［江戸前期］写
寸法、縦三三・一糎
表紙、紺色地金繍表紙
外題、表紙左上に朱色題簽あるも、文字なし
内題、なし
料紙、金泥模様入り斐紙
字高、約二五・五糎
挿絵、五図
奥書、なし
印記、なし

室町物語影印叢刊11

松竹物語

定価は表紙に表示しています。

平成十五年三月二五日　初版一刷発行

編　者　石川　透
発行者　吉田栄治
印刷所　エーヴィスシステムズ

発行所　㈱三弥井書店
東京都港区三田三－二－三九
振　替〇〇一九〇－八－二一一二五
電　話〇三－三四五二－八〇六九
FAX〇三－三四五六－〇三四六

ISBN4-8382-7038-0 C3019